AF304311

Originalausgabe
1. Auflage Februar 2025
© Carla Kolb
Buchgestaltung: Annette Jäger
Illustrationen: Bettina Sickenberger

Verlag:
BoD · Books on Demand GmbH,
Überseering 33, 22297 Hamburg,
bod@bod.de
Druck:
Libri Plureos GmbH,
Friedensallee 273, 22763 Hamburg

ISBN: 978-3-7693-5788-2

Lebenslinien

Unverblümt, unzensiert & einzigartig

Für Caroline

Ohne dich wäre dieses Buch nicht
entstanden.
Danke, dass du
immer wieder an meine Ideen glaubst
und mich dabei unterstützt,
die spannendsten Projekte anzugehen.
Du bist nicht nur
meine Tochter, sondern auch meine
beste Kritikerin, Beraterin und
Mutmacherin!
Dein Herz, deine Stärke und
dein Humor sind die besten Lebenslinien,
die ich mir wünschen kann…

Lebenslinien
Unverblümt - unzensiert & einzigartig ...

... Manchmal entstehen die besten Ideen, wenn man nachts wach liegt und sich von einer Seite auf die andere wälzt. Genau so war es auch bei mir. Zwischen Gedanken-chaos und Schlaflosigkeit wurde mir klar:
Die spannendsten Geschichten sind oft nicht diejenigen, die die Weltbühne erobern, sondern die, die ganz leise nebenan passieren. Also lud ich mir am nächsten Tag und an weiteren Tagen über eine Handvoll Frauen ein, hörte ihnen zu – und was ich dabei erfuhr, war interessant und faszinierend.
Dieses Buch ist eine Sammlung von Lebensgeschichten. Nicht von Prominenten oder historischen Figuren, sondern von

Frauen wie du und ich. Frauen, die ihre Tage außerhalb des Rampenlichts verbringen, und in ihrem Alltag jonglieren mit Familie, Job Herausforderungen und den leisen Siegen, die niemand mit Applaus quittiert. Sie haben ihre eigenen Geschichten, geprägt von Mut, Wendepunkten und der Fähigkeit, immer wieder aufzustehen.

Lebenslinien – unverblümt, unzensiert & einzigartig gibt diesen Frauen eine Stimme. Tauchen Sie ein und lassen Sie sich von den Biografien dieser außergewöhnlichen Frauen inspirieren.

Jede von ihnen beweist, dass ein gewöhnliches Leben alles andere als gewöhnlich sein kann – wenn man nur genau hinsieht. Hier erfahren Sie, wie Mut, Widerstandskraft und Humor den Alltag prägen, wie kleine Schritte große Veränderungen bewirken und wie jeder Rückschlag auch eine Chance sein kann.

Die Geschichten in diesem Buch sind nicht nur inspirierend, sie sind vor allem authen-.

tisch – und das macht sie so lesenswert.Wer nach echten Geschichten sucht, die berühren, zum Nachdenken anregen und vielleicht sogar den eigenen Lebensweg in neuem Licht erscheinen lassen, der wird hier fündig.

Carla Kolb

Inhalt

Der rote Faden,

der alles verbindet und sich durch mein Leben zieht ...

... heißt Verantwortung. Schon als Erstgeborene trug ich von Anfang an Verantwortung für meine beiden jüngeren Brüder. Wenn etwas schief lief, war ich es, die zur Rechenschaft gezogen wurde.

Mein Name ist Andrea Sch. und ich wusste schon früh, dass man Gutes in die Welt hinaussenden sollte, denn so, wie man in den Wald hineinruft, schallt es zurück. Als "Kümmerin" war es mir immer wichtig, dass es allen gut ging. Unsere Familie zog oft um, bedingt durch den Beruf meines Vaters bei der Bundeswehr. Jeder Umzug bedeutete ein neues Umfeld, neue Herausforderungen in der Schule, neue Freunde suchen.

Nach einem missglückten Start in der Mittelschule war mein schulisches Verhalten nicht immer wohlgefällig.
Zu meinem Glück erkannte ein erfahrener, älterer Klassenlehrer mein Dilemma der schulischen Unterforderung an der Hauptschule. Sein persönlicher Einsatz, einen erneuten Wechsel an die Mittelschule zu wagen, wurde mit Zustimmung meiner Eltern und meinem Wollen realisiert. Erfolgreich!

Meinen Durchsetzungswillen verdanke ich meiner Mutter. Obwohl sie mich als Mädchen neben meinen Brüdern wenig unterstützte. Sicherlich eine Verhaltensweise der damaligen Zeit.
Was ich jedoch nicht von ihr erhielt, war Mutterliebe. Mütterliche Fürsorge ja. Da sie selbst nie Mutterliebe erfahren hatte, nahm und nehme ich ihr das nicht übel.

Eine Cousine, mit einem Wolfsrachen geboren, wurde mein großes Vorbild.
Trotz mannigfaltiger negativer Prognosen seitens Schule und Ärzteschaft erreichte sie mit Fleiß und Disziplin beruflich sehr viel.
Das hatte man ihr nicht zugetraut.
Auch ich wollte viel erreichen.

In meinen Berufswünschen legten meine Eltern mir keine Steine in den Weg, obwohl sie mich auf die Umsetzung im wirklichen Leben jedes Mal ernsthaft hinwiesen.
Eine einjährige abgeschlossene Höhere-Handelsschul-Ausbildung ließ mich erkennen, dass ein Büroberuf nicht mein Ding sein würde.

Die Arbeit mit Menschen lag mir am Herzen.
So entschied ich mich für ein Studium zur musisch-technischen Fachlehrerin in der Sparte Haus- und Textilwirtschaft.
Meine Gewissenhaftigkeit und mein Sinn für Ordnung kamen mir dabei zugute.

1982 heiratete ich. Mein Mann und ich reisten mit dem Wohnmobil durch ganz Europa.

Wir bauten ein Haus und schmiedeten große Pläne. Leider blieb unsere Ehe kinderlos. Doch wir sahen einer glücklichen Zukunft entgegen.

Das Schicksal hatte allerdings andere Pläne für uns. Nur drei Jahre später verlor ich meinen Mann bei einem Autounfall, den ich selbst nur schwer verletzt überlebte. Dadurch wurde mein Leben vollkommen aus der Bahn geworfen. Nach der körperlichen Genesung beendete ich den Ausbau unseres Hauses, das mir wie ein Kind ans Herz gewachsen war, und nach dreißig Jahren, inzwischen im Ruhestand, verkaufte ich es.

Dass ich trotz meiner schweren Verletzungen den Unfall überlebte, deutete ich als "Wink von oben". Sollte ich in diesem Zustand noch eine Aufgabe erfüllen? Anerkannt als schwerbehinderter Mensch und mit einem ausgeprägten Sinn für Gerechtigkeit ausgestattet, habe ich als Schwerbehindertenvertreterin für Lehrkräfte im Main-Kinzig-Kreis die Interessen und Rechte dieser Berufsgruppe gegenüber den Vorgesetzten vertreten.

Mit dem Wechsel in den Ruhestand endete auch diese Aufgabe für mich. Meine soziale Ader veranlasste mich, nach meinem Berufsleben, das ich über 39 Jahre ausführte, mit einigen Gleichgesinnten einen Verein zu gründen und in kleiner Runde im Altenheim Kochkurse anzubieten. Es erfüllte mich mit Freude zu sehen, wie viel Spaß die älteren Menschen am gemeinsamen Kochen hatten und wie sehr sie die lebendige Gemeinschaft genossen.

Doch das Leben hält oft Überraschungen bereit. Auf einem Flohmarkt lernte ich meinen neuen Partner kennen und wir beschlossen unsere Sachen zusammen
zu tun.

Wir wollten in einer Eigentumswohnung gemeinsam einen Neuanfang wagen. Der tat uns beiden gut und tut es noch.

In den ersten Jahren der 90iger Jahre driftete meine Mutter immer weiter in die Demenz ab. Da wir beide in Hanau und nahe beieinander wohnten, war es für mich selbstverständlich, sie bis zu ihrem Tod, die letzten Jahre ihres Lebens zu unterstützen

und zu begleiten.
Mein jüngerer Bruder war mir dabei eine enorme Hilfe. Freundschaften spielen eine große Rolle in meinem Leben, sei es per Brief oder persönlich.

Der Austausch mit Freunden gibt mir Halt und Freude.

Ich habe gelernt, dass das Leben voller Zufälle und Wendungen steckt, aber dass man mit Liebe, Verantwortung und einer positiven Einstellung durch alle Höhen und Tiefen kommt.

Heute lebe ich zufrieden und bin dankbar für all die Erfahrungen, die mich zu dem Menschen gemacht haben, der ich bin.
Die Liebe zur Hauswirtschaft und meine ehrenamtliche Arbeit bereicherten mein Leben.

Die tiefen Freundschaften und das Leben mit einem Partner an meiner Seite geben ihm jetzt Sinn und Erfüllung und ich hoffe, dass der Herrgott weiterhin ein Auge auf mich hat.

Wo Welten aufeinandertreffen:

Die Kunst der Kommunikation ...

... An meine Kindheit habe ich nur bruchstückhafte Erinnerungen.

Aber eines weiß ich genau:

Ich war schon immer ein richtiges Kommunikationswunder. Ich bin Caroline R.

Als Einzelkind aufgewachsen, war ich stets damit beschäftigt, mit jedem und allen und auch allein mit mir zu reden. Meine Mutter las mir fleißig vor und weckte damit meine Liebe zu Büchern, die mich bis heute begleitet. Wenn ich nicht gerade las oder redete, verbrachte ich meine Zeit im Sommer auf dem Tennisplatz und im Winter beim Rodeln im Spessart. Der Wechsel aufs Gymnasium war so eine Sache. Gerade umgezogen, fühlte ich mich wie ein Alien auf einem neuen Planeten.

Zu Hause lernte ich durch die gelegentlichen familiären Konflikte, wie man die Stimmung erst einmal auslotet, bevor man sich in die Auseinandersetzung stürzt.

Diese Fähigkeit half mir später nicht nur privat, sondern auch beruflich enorm.

Schon als Kind träumte ich davon, nicht nur belanglosen Smalltalk zu führen, sondern echte Verbindungen zu knüpfen.
Dieser Drang zog sich durch mein Leben, und so war es kein Wunder, dass ich später Kommunikationswissenschaften studierte.
Ich wollte die Welt mit Worten erobern, ohne Waffen – nur mit Sprache.

Nach Ausbildung und Studium führte mich mein Abenteuergeist nach Costa Rica, wo ich ein halbes Jahr bei einer Gastfamilie verbrachte. Die Schönheit der Natur war atemberaubend, doch bei einem Erdrutsch erlebte ich auch die rohe Kraft der Erde hautnah.

Der interkulturelle Austausch forderte mich heraus – aber genau das liebte ich!

Meine berufliche Karriere führte mich zunächst in die Erwachsenenbildung und heute engagiere ich mich sehr als Gleich-stellungsbeauftragte und biete Hilfe zur

Selbsthilfe an.

Daneben gibt es da noch eine andere, nicht minder wichtige Herausforderung:
Das Muttersein!
Mit vier wilden und liebenswerten Jungs zu Hause, führe ich täglich kleine Auseinandersetzungen – sei es um die gerechte Verteilung der Aufmerksamkeit oder um den letzten Keks. Wer hätte gedacht, dass das Familienleben ein solches Minenfeld sein kann? Wenn ich nicht gerade als Mutter oder beruflich im Einsatz bin, liebe ich es, in der Natur zu sein. Ich habe sogar schon die Alpen überquert. Und weil mir Kultur so viel bedeutet, bin ich gern bei Veranstaltungen aller Art dabei.

Eine weitere Leidenschaft von mir? Ich sammle Postkarten – aber nicht irgendwelche, es müssen schon die außergewöhnlichsten und lustigsten sein, die ich finden kann.
Darauf bin ich richtig stolz.
So bin ich – voller Abenteuer, unerwarteter Wendungen und jeder Menge Kommunikation!

Von der Welt umarmt ...

... Ich heiße Brigitte Sch. und mein Leben war von Anfang an eine spannende Reise. Obwohl ich ohne viel elterliche Zuwendung in schwierigen Familienverhältnissen aufwuchs, entwickelte ich früh ein starkes Verantwortungsbewusstsein, indem ich mich liebevoll um meine jüngeren Geschwister kümmerte.

Geboren wurde ich in Japan, während mein Vater als Wirtschaftsattaché in der deutschen Botschaft arbeitete. Unsere Familie zog von Deutschland nach Wien, dann nach Japan, weiter in die USA und schließlich zurück nach Deutschland, wo wir alle zwei Jahre einen neuen Ort entdeckten.

Mein Vater prägte mein Leben stark, und seine beruflichen und persönlichen Herausforderungen boten mir wertvolle Lektionen.
Schon früh erkannte ich, dass ich Schutz und Frieden nur in mir selbst finden konnte.

Unsere Mutter tat ihr Bestes, um uns zu unterstützen, obwohl sie mit fünf Kindern oft überfordert war.
Die vielen Umzüge und das dynamische Familienleben lehrten mich, flexibel und anpassungsfähig zu sein.

Meine Suche nach einem vertrauensvollen Menschen fand ihren Höhepunkt, als ich mit 29 Jahren meinen Ehemann kennenlernte.

Mit ihm gründete ich eine Familie und brachte drei wunderbare Töchter zur Welt. Beruflich fand ich Erfüllung als Rechtsanwaltsfachangestellte in verschiedenen Kanzleien.
Als die letzte Kanzlei schließen musste, nutzte ich die Gelegenheit, mich selbstständig zu machen und entdeckte meine Leidenschaft für den Handel mit Antiquitäten, besonders Porzellan, sowie meine Liebe zum Nähen. Handarbeiten und Musik sind schon immer meine Favoriten.
Ich sang in verschiedenen Chören, spielte Querflöte und Klavier und frische diese Fertigkeiten im Alter wieder auf. Besonders erfüllend ist für mich die Rolle als Oma

meines Enkelsohnes, und ich freue mich sehr auf das zweite Enkelkind, das bald kommt.

Trotz aller Herausforderungen bin ich eine begeisterungsfähige Person, die ihre Projekte mit Leidenschaft und Hingabe exzessiv verfolgt. Diese Eigenschaften halfen mir, meinen Weg zu finden und meine Leidenschaften trotz aller Widrigkeiten auszuleben.

Heute blicke ich dankbar auf ein bewegtes Leben zurück, in dem ich gelernt habe, in mir selbst Frieden zu finden und meine Begeisterung in alles zu stecken, was ich tue.

Die wahre Meisterschaft

der Gastfreundschaft ...

... Ich heiße Marion G. und nach dem Ende des Zweiten Weltkrieges am 8. Mai 1945 ließ ich es entspannt angehen und wartete bis in die ersten Augusttage, um schließlich auf die Welt zu kommen. Das ganze Umfeld meiner Eltern war fest davon überzeugt, dass „dieses Kind einmal viel weinen wird", da meine Mutter während der Schwangerschaft mehr Zeit im Luftschutzkeller als im eigenen Bett verbrachte. Aber alle lagen komplett daneben. Statt eines Klagelieds kam ich fröhlich und mit einem riesigen Vorrat an Optimismus zur Welt – ein strahlendes, schönes Kind, das die Herzen im Sturm eroberte.

Angepasst, artig und immer darauf bedacht, lieb und gut zu sein – so verbrachte ich meine ersten Lebensjahre. Schule, Ausbildung und mein erster Job als Friseurin gehörten zum Programm. Alles lief glatt wie eine frisch geschnittene Ponyfrisur.

Doch das Blatt wendete sich, als ich meinen Traummann kennenlernte und heiratete. Jetzt wurde ich aufmüpfig!

Mit gerade mal 19 Jahren war ich schwanger mit meinem Wunschkind, und sieben Jahre später kam meine zweite Tochter zur Welt.

Große Sprünge konnten wir uns finanziell nicht leisten. Vor der Heirat musste ich mein Geld bis auf das Trinkgeld zuhause abliefern, und danach übernahm mein Mann das Kommando über die Finanzen.

Wir waren uns einig, dass die Kindererziehung in meinen Händen lag – und darauf bin ich besonders stolz. Ich konnte meinen Töchtern beibringen, wie wichtig es ist, finanziell unabhängig zu sein, was sie auch erfolgreich umgesetzt haben.

Ich hingegen musste kämpfen, um einen Beruf auszuüben und ein eigenes Konto zu haben. Wenn ich zurückblicke, kann ich sagen, dass ich – neben einigen Reisen und Auslandsaufenthalten – die meiste Zeit als

Alleinerziehende verbracht habe. Mein Mann war beruflich viel unterwegs und widmete seine Freizeit lieber dem Sport als dem Familienleben.

Es dauerte noch ungefähr fünfzehn Jahre, bis ich mich in ein Leben katapultierte, das ich wirklich selbst gestalten konnte. Da sieht man mal, was für eine Ausdauer ich habe!

Ich hatte schon immer ein Händchen für die schönen Dinge im Leben und das habe ich immer noch! Besonders begeistert es mich, aus einer Wohnung ein echtes Zuhause zu zaubern, wo sich jeder und jede wohlfühlt. Quasi eine Nestbau-Spezialistin mit Wohlfühl-Garantie.

Partys? Klar doch, die werden bei mir gefeiert, bis die Wände wackeln. Und das geht nur mit gutem Essen, feinen Getränken und einer großen Portion Humor, um die Stimmung aufzuhellen.
Denn wer braucht schon einen Party-Clown, wenn er mich haben kann?
Beruflich habe ich auch einiges erlebt. Vom Naturschutz bei WWF, über den Verkauf im Kaufhof, bis hin zur Autovermietung.

Der Tod meiner Eltern war eine traurige Angelegenheit und machte mir klar, dass der Generationenpuffer nun weg ist. Jetzt bin ich die letzte Generation unserer Familie. Meine Eltern werden immer einen Platz in meinem Herzen haben – und im Familien-album.

Seit ich die Arbeitswelt hinter mir gelassen habe, genieße ich das Leben in vollen Zügen und auch gern allein.

Meine Familie mit meinen drei Enkelkindern ist mir wichtig, und ich habe immer ein offenes Ohr, wenn es mal irgendwo klemmt. Durch meine Lebenserfahrung habe ich gelernt, wann ein kluger Rat angebracht und wann es besser ist, einfach zuzuhören.
Heute kann ich sagen: Ich meistere mein Leben, wie eine erfahrene Friseurin den Lockenstab.

Mein Lebensziel war und ist eine „lustige Alte" zu sein. Und das Feedback zeigt mir, dass ich auf dem besten Weg bin, dieses Ziel zu erreichen.

Leben in Bewegung ...

... Irgendwie liegt mir Rhythmus im Blut und ich bewege mich gern, ob im Beruf, im Chor oder auf Wandertouren.

Ich heiße Gudrun H. und kürzlich wurde mir mein Bewegungsdrang zum Verhängnis, als ich mir das Knie verletzte. Es folgte eine monatelange Auszeit, die mich über mein Leben reflektieren ließ.

Doch von vorne ...
... von Kindesbeinen an bin ich eine Träumerin.
Meine Tage verbrachte ich oft damit, bunte Bilder zu malen und fantasievolle Figuren aus Papier zu basteln. Während andere Kinder spielten, tauchte ich drinnen oder draußen in die Welten ein, die ich mit meinen Händen und meiner Vorstellungskraft erschuf. Diese Liebe zur Kreativität blieb mir ein treuer Begleiter, obwohl das Leben mich auf unerwartete

Wege führte. In der Schule entdeckte mein Geschichtslehrer am Gymnasium mein Talent und riet mir, mein Potenzial, meine Kreativität und mein Einfühlungsvermögen für Großes zu nutzen. Seine Worte prägten mich tief, auch wenn ich zunächst einen ganz anderen Weg einschlug.

Nach dem Abitur begann ich eine Ausbildung zur Arzthelferin und arbeitete einige Jahre in einer internistischen Praxis. Obwohl ich die Arbeit mochte und mich mit meinen Kollegen gut verstand, spürte ich, dass dies nicht meine wahre Bestimmung war. Der Gedanke an die Worte meines Geschichtslehrers ließ mich nie los.

Ich versuchte es mit einem Lehramtsstudium, was abrupt endete, denn ich stellte fest, dass dies nicht das Richtige für mich war.

Erst einmal fühlte ich mich jetzt verloren. In dieser Zeit der Unsicherheit brachte die Geburt meines Sohnes eine neue Richtung in mein Leben. Mutter zu sein, gab mir nicht nur Freude und Erfüllung, sondern auch eine klare Perspektive. Meine große Liebe zu Gott gab und gibt mir stets Halt und lässt mich auch in schwierigen Zeiten das Leben leicht nehmen. Ich entschied mich, Logopädin zu werden. Die Kombination aus Kreativität und der Arbeit mit Kindern, die besondere Unterstützung verlangt, schien perfekt für mich zu sein.

Meine Ausbildung und später die Arbeit in einer Frühförderstelle erfüllten und erfüllen mich mit Sinn und Zufriedenheit. Ich fand meine Berufung darin, Kindern zu helfen, ihre sprachlichen Fähigkeiten zu entwickeln und zu verbessern, und ich glaube mein großes Herz und meine Geduld machen mich zu einer sehr guten Therapeutin.

Neben meiner Arbeit bin ich ein absoluter Genussmensch. Ich liebe es, neue Abenteuer zu erleben, Kontakte zu knüpfen und mein Leben zu genießen. Filme, Theater, Kunstausstellungen und Wandertouren sind meine Leidenschaften, die mir immer wieder neue Energie und Inspiration geben.
Natürlich war mein Leben nicht immer einfach. Ich erlebte Trennungen und musste mich von den Glaubenssätzen "Ich bin nicht

gut genug" und "ich kann es meinen Eltern nie recht machen" befreien. Dieser Prozess war schmerzhaft und langwierig, aber es gelang mir schließlich, diese Last abzuwerfen. Ich lernte, dass ich mir selbst genügen konnte und, dass es wichtig war, meinen eigenen Weg zu gehen.

Ich habe meinen Platz in der Welt gefunden, umgeben von den Dingen und Menschen, die ich liebe.

Meine Geschichte zeigt, dass der Weg zum Glück oft verschlungen ist und, dass es Mut braucht, seinen eigenen Pfad zu finden und ihm zu folgen.

Ich bin glücklich und erfüllt, immer bereit, das nächste Abenteuer zu erleben und mit meiner positiven Einstellung das Beste aus jedem Tag zu machen.

Zwischen den Welten:
Von Kindheitsstreits zu Heiligen Stätten - Die Reise einer Vermittlerin ...

... Ich heiße Eva B. und wurde als mittleres Kind in einer Reihe von drei Geschwistern geboren, zwischen zwei Brüdern, die oft in Streit gerieten. Acht Jahre später kam noch ein weiteres Mädchen dazu. Schon früh fand ich mich in der Rolle der Vermittlerin wieder, was mich prägte und mir ein tiefes Verständnis für Konfliktlösung und Empathie vermittelte. Obwohl protestantisch erzogen, besuchte ich eine katholische Klosterschule, was mir nicht besonders behagte. Dennoch hatte die Kirche eine starke Anziehungskraft auf mich. Ich liebte es, den Predigten zu lauschen, in die biblischen Geschichten einzutauchen und fühlte mich zur Spiritualität hingezogen.
Mein Traumberuf war Tierärztin, doch meine Eltern unterstützten diesen Wunsch nicht. Mein Interesse lag immer bei der Biologie, Tieren und der Natur. Schließlich

entschied ich mich für die Menschen, ließ mich zur Physiotherapeutin ausbilden und arbeitete einige Jahre in diesem Beruf.

Mir fällt es leicht mit Menschen in Kontakt zu kommen, und ich habe keinerlei Berührungsängste.

Einen großen Wendepunkt in meinem Leben stellte der Umzug von Nordrhein-Westfalen in die Nähe des Hochspessarts dar, wo meine Wurzeln liegen.

In unserem Ferienhaus dort, das Schauplatz vieler Familienfeiern seit meiner Kindheit war und auch wieder ist, beschloss ich, mein Leben grundlegend zu verändern.

Ich gab die Physiotherapie auf, gönnte mir ein Jahr der Besinnung und widmete mich danach vollkommen dem kirchlichen Dienst.

Ich begann eine Ausbildung bei der evangelischen Landeskirche und wurde 2014 Lektorin.

Zwei Jahre später, 2016, übernahm ich das Ehrenamt als Prädikantin, was mir seitdem ermöglicht, in Gottesdiensten mitzuwirken und mich mit großer Freude erfüllt. Parallel dazu steht mein Familienleben mit meinen beiden Enkelkindern im Mittelpunkt.

Meine Neugier und Begeisterung für die Kultur in Aschaffenburg sind ebenfalls ein wichtiger Teil meines Lebens, genauso begeistert singe ich in einem Gospelchor mit.

Dankbar blicke ich auf meinen bisherigen Lebensweg zurück. Die Arbeit als Physiotherapeutin hat mich nicht nur erfüllt, sondern mir auch gezeigt, wie wichtig Bewegung und Haltung sind, und hat mich in vielerlei Hinsicht gestärkt.

Die vielen Stunden, in denen mir meine Mutter vorgelesen hat, haben meine Liebe zur Sprache geweckt und mich gelehrt, wie man Geschichten lebendig vermittelt.

Andere sagen, ich habe die Gabe, den Funken der Begeisterung für Texte auf andere zu übertragen.

So schließt sich der Kreis meiner Rolle als Vermittlerin, die mein Leben von Anfang an geprägt hat.

Eine Reise

durch Höhen und Tiefen:
Das Leben einer Kämpferin ...

... Ich heiße Nicole K. und wurde 1971 in eine Familie hineingeboren, die rau, aber herzlich war. Und eines weiß ich sicher:

Wenn ich sie brauchte, war sie immer für mich da. Der Grundsatz "Erst die Arbeit, dann das Spiel" prägte unser Leben, und seit 1949 führte meine Familie eine Gaststätte, die erst von meinen Großeltern und dann von meinen Eltern betrieben wurde.

Als Einzelkind wuchs ich in dieser Umgebung auf, in der harte Arbeit und Zuverlässigkeit großgeschrieben wurden.

Schon früh träumte ich davon, Floristin oder Gärtnerin zu werden. Doch dieser Traum erfüllte sich nicht. Stattdessen lernte ich Köchin und fand darin eine neue Leidenschaft: die kunstvolle Dekoration von Speisen. Menschen um mich herum zu haben, war und ist für mich essentiell, denn da blühe ich auf. Trotz meiner körperlichen Einschränkungen habe ich mich stets weitergebildet.

Durch Rhetorikkurse lernte ich, wie man mit verschiedenen Charakteren umgeht und Englischkurse ermöglichten mir, mich auch mit ausländischen Mitmenschen zu unterhalten. Diese Kurse stärkten mein Selbstbewusstsein und halfen mir, meine Kommunikationsfähigkeiten zu verbessern. Früher spielte ich Flöte, Melodica und Akkordeon, heute singe ich leidenschaftlich gern in einem Chor. Musik war immer ein wichtiger Teil meines Lebens und half mir, Gemeinschaft zu finden. Schon als Schulkind wollte ich immer dazugehören, doch meist erlebte ich das Gegenteil. Meine Hilfsbereitschaft und mein großes Herz wurden oft ausgenutzt.
Mit der Zeit lernte ich, durch Selbstironie anderen den Wind aus den Segeln zu nehmen und mich selbst zu schützen. Man sagt, mit mir könne man Pferde stehlen – eine Eigenschaft, auf die ich stolz bin, denn sie zeigt meine Verlässlichkeit und Abenteuerlust.

Ein schwerer Unfall brachte mein Leben jedoch völlig durcheinander. Eine Fehldiagnose führte zu einer kompletten Versteifung meiner Wirbelsäule, was mich körperlich stark einschränkte. Dadurch war ich gezwungen, mich beruflich neu zu orientieren und absolvierte eine Umschulung zur Bürokauffrau in Nürnberg.
Eigentlich liegen mir Zahlen sehr gut, was sich auch in der Gastwirtschaft als äußerst hilfreich erwies.

Nach dem Unfall und zahlreichen Operationen verbrachte ich 15 Jahre zu Hause. In dieser Zeit verlor ich fast meinen Lebensmut.

Ein guter Bekannter, der mir eine Arbeitsstelle anbot, rettete mich aus dieser dunklen Phase und half mir, meine Lebensfreude wiederzufinden. Was ich gar nicht mag, ist, wenn Menschen nur die äußere Hülle beurteilen und nicht den wahren Kern sehen.

Meinem Mann, der von der Ostsee stammt, bin ich unendlich dankbar. Er stand in den schweren Zeiten fest an meiner Seite. Als Zeichen meiner Dankbarkeit habe ich ihm versprochen, dass ich, wenn er jemals zurück an die Ostsee möchte, alles in meiner Heimat Unterfranken aufgeben und mit ihm gehen werde, wohin und wann er will.

Für die Zukunft wünsche ich mir vor allem eines: schmerzfrei zu sein.

Und Wunder gibt es immer wieder – vielleicht erfahre ich auch mal eins!

Familienbande

Von der Kindheit im Kaukasus zur
Familienberaterin in Aschaffenburg ...

... Mein Name ist Naira A. und meine
Lebensgeschichte ist von Anfang an von
meiner tiefen Verbundenheit zur Familie
geprägt.
Geboren als Sandwichkind in einem Mehr-
generationenhaus in Armenien/Kaukasus,
wuchs ich in einem engen Familienverbund
mit Großeltern, Eltern, Geschwistern,
Cousinen und Cousins auf. Diese familiäre
und warmherzige Prägung begleitet mich
durch mein ganzes Leben.
Eine meiner Lebensphilosophien lautet:
"Geht nicht, gibt es nicht."

Mit dieser Einstellung und einem selbstbewussten Auftreten habe ich Herausforderungen stets gemeistert und Wege gefunden, die eine neue Richtung aufzeigen. Obwohl ich ursprünglich auf eine Sprachhochschule wollte, musste ich diesen Plan aufgeben, da sie zu weit weg war. Deshalb entschied ich mich für ein Studium der Technik und studierte Maschinenbau, übte diesen Beruf jedoch nie aus. Über einen Onkel lernte ich meinen Mann kennen, mit dem ich seit 1998 verheiratet bin. Zusammen zogen wir nach Aschaffenburg und gründeten unsere eigene Familie. Wir haben zwei wunderbare Kinder, eine Tochter und einen Sohn.

Bereits als Teenager hatte ich eine Leidenschaft für Schauspielerei, und wurde von meiner Familie ernst genommen. Sie forderte mich heraus, Gedichte aufzusagen und aufzutreten. Eine weitere Leidenschaft, die ich entdeckte, war das Tanzen – obwohl ich dazu von meiner Mutter fast gezwungen wurde und mich damals schämte. Heute tanze ich sehr gern und bin froh, dass sie mich dazu ermutigt hat.

Ich fand meine Berufung im Bereich Familienberatung beim Jugendamt. Zuerst spezialisierte ich mich auf die Beratung von Migrantenfamilien, später erweiterte ich meine Tätigkeit auch auf Einheimische.

Ehrenamtlich engagierte ich mich schon immer für Familien und fungierte oft als Sprach- und Kulturvermittlerin, um bei Kommunikationsbarrieren zu unterstützen. Menschen vertrauen mir und wissen, dass ich ihre Geschichten respektvoll behandle.

Mein größter Wunsch ist es, mit meinem Mann gemeinsam alt zu werden, gesund zu bleiben und keine Hilfe von anderen benötigen zu müssen.

Unsere Familie und die Verbundenheit zu unseren Kindern sind für mich das Fundament meines Lebens und geben mir Kraft und Freude.

Zwischen Kulturen
und Engagement ...

... Mein Leben ist geprägt von viel ehrenamtlichem Engagement und Kontakten zu Menschen aus anderen Kulturen. Doch fangen wir von vorne an. Ich heiße Gabi K. und wurde 1957 geboren, in einer Zeit, als der Krieg noch in den Köpfen und Herzen der Menschen präsent, doch die Gesellschaft voller Hoffnung und mit dem Wiederaufbau beschäftigt war.

Ich entwickelte mich zunächst prächtig. Im Alter von eineinhalb Jahren wurde ich leider sehr krank; mein Leben hing am seidenen Faden. Zum Glück erkannte ein junger Arzt in der Kinderklinik die Zöliakie, eine bislang noch kaum diagnostizierte Getreideunverträglichkeit. Der Weg der Heilung konnte beginnen.

Schon als kleines Mädchen, in einer religiös

geprägten Familie, wünschte ich mir sehnlichst ein Geschwisterchen. 1963 kam mein Bruder zur Welt, zu dem ich bis heute eine enge Beziehung habe.

Zum Glück lebten wir in einem Mehrfamilienhaus mit der Verwandtschaft, und meine Cousinen wurden meine treuen Spielkameradinnen, mit denen ich viel Zeit in der freien Natur verbrachte.

Meine Grundschulzeit verlief problemlos. Als ein paar Mädchen und ich aus dem Stadtrandbezirk besondere Förderung seitens der Lehrer erhielten, um den Übertritt ins Gymnasium zu schaffen, machte ich zum ersten Mal die Bekanntschaft mit neidischen Mitschülern. Mir war Neid bis dahin fremd.

Die große Schülerschaft im Gymnasium fand ich überwältigend, und ich war stolz darauf, zu so einer großen Schule zu gehören.
Fleiß, Ordnung und Pünktlichkeit, aber auch weibliches Selbstbewusstsein sollten uns vermittelt werden. Gerade die jüngeren Schwestern führten moderne Unterrichts-

methoden ein.

Ich war in den ersten und den letzten Schuljahren leistungsstark. Zwischendurch wurde es sehr anstrengend, denn da kam die Pubertät mit vielen "Wechselbädern" von Verliebtsein und Liebeskummer.

In dieser Zeit trat ich in die Junge Union ein, nahm mit Leidenschaft an großen und kleinen Demos teil und organisierte Benefizkonzerte zur Unterstützung von Leprakranken und Opfern der Atomkriege. Doch aufgrund von Machtspielen in der Partei trat ich in der 12. Klasse aus Protest aus, blieb jedoch in anderen Bereichen engagiert.

Meine kirchlich geprägte Familie vermittelte mir schon früh die Bedeutung, notleidenden Menschen zu helfen.

Meine Neugier auf andere Kulturen zeigte sich schon in der Kindheit, als ein griechisches Mädchen meine Spielkameradin wurde und ich später durch den Beruf meines Vaters in der amerikanischen Verwaltung, auch Menschen aus den USA kennenlernte.

Eine Brieffreundschaft führte mich einen Tag nach der Abiturfeier zu meiner ersten Reise, ganz allein, in die USA.

Dort erfuhr ich eine enorme Gastfreundschaft und lernte den Mittelpunkt einer libanesischen Familie kennen, eine warmherzige, liebevolle „Grandma", die köstliches libanesisches Essen zubereitete.

Mein Studium der Germanistik und Theologie in Würzburg bedeutete für mich die absolute Freiheit. Dort lernte ich meinen zukünftigen Mann zunächst flüchtig kennen, und auf einer Reise nach Paris kamen wir uns näher. Wir heirateten, bekamen zwei Söhne und eine Tochter, und dank meiner Mutter, die sich um die kleinen Jungs kümmerte, konnte ich mein Studium abschließen. Den Übergang vom Studium in Würzburg in die Familienphase in Aschaffenburg erlebte ich als eine Herausforderung. Meine ehrenamtlichen Tätigkeiten waren damals eine gute Ergänzung. Ein altes Haus am Stadtrand zu renovieren und zu erweitern, wurde zu einer großen gemeinsamen Aufgabe in unserer Partnerschaft.

 Tragischerweise starb meine Mutter viel zu früh nach einer kurzen, schweren Krankheit, was uns alle sehr traurig stimmte.

In meiner Kindheit hatte ich Klavierunterricht, doch ich verlor das Interesse, weil mein Lehrer nur Klassik spielte, während ich moderne Musik bevorzugte. Autodidaktisch brachte ich mir mit einer Freundin Gitarre spielen bei, weil wir unbedingt "The House of the Rising Sun" performen wollten. Meine Liebe zur Musik blieb, und heute singe ich mit großer Freude in einem Chor.

Als meine Kinder größer wurden, gab ich Deutschkurse für Ausländer an der VHS und lernte wieder viele Menschen verschiedener Kulturen kennen, darunter Syrer, Griechen, Ungarn und Koreaner. Zwischendurch machte ich eine 3jährige Ausbildung zur Ehe- und Familienberaterin, die jedoch zur falschen Zeit kam und mich stark belastete. Deshalb entschied ich mich gegen diese Arbeit. 1996 begann ich ein Fernstudium der Religions- und Gemeindepädagogik, das zur

Arbeit als Gemeindereferentin führte, eine Tätigkeit, die ich bis zu meinem Eintritt ins Rentenalter 2023 ausübte. Ein Schwerpunkt in meiner Arbeit war auch hier die Sorge für Menschen in Notlagen und für Migrantenfamilien.

Da ich mich nicht nur für meine Muttersprache interessiere, vertiefe ich zurzeit Englisch und lerne Italienisch, was mir großen Spaß macht.

Für die Zukunft wünsche ich mir, viele neue Gegenden im In- und Ausland zu entdecken. Außerdem möchte ich viel Zeit mit meiner Familie verbringen. Wichtig ist mir auch, stets einen guten "Sound" in meiner Partnerschaft zu leben und in meiner Spiritualtät zu wachsen.

Jetzt genieße ich die Gartenarbeit, das Ordnen und Renovieren im Haus. Ich lese sehr gern, möchte mich auch wieder mit Handarbeiten beschäftigen und weiterhin die Beziehung zu den Menschen pflegen.

Das Glück der Erde

liegt auf dem Rücken der Pferde ...

... Ich heiße Bettina S. und seit ich denken kann, träumte ich davon, das Glück auf dem Rücken der Pferde zu erleben.

Schon als kleines Mädchen war Reiten mein größter Wunsch. Vielleicht liegt diese Leidenschaft in meiner Familie: Mein Ururgroßvater besaß ein Fuhrunternehmen mit Pferden.

Diese Faszination für Pferde begleitete mich durch meine gesamte Kindheit und Jugend in München. Pferde lehren mich bis heute, wie man durchs Leben geht, aufrecht, vorwärts und im Jetzt.

Erste Reiterfahrungen und Eiskunstlauf

In meiner Jugend kauften wir, ohne viel Ahnung zu haben, ein nicht eingerittenes Pferd. Glücklicherweise fanden wir einen erfahrenen Mann, bei dem wir das Pferd unterbringen konnten und der uns half es auszubilden. Mit unserer Stute konnte ich viele Erfolge auf Turnieren in Dressur und Springen erzielen. Bevor ich meinen Traum vom Reiten verwirklichen konnte, führte mich mein Weg jedoch zunächst zum Eiskunstlaufen mit meiner älteren Schwester. Diese Leidenschaft brachte uns bis in den Leistungssport und zu den Bayerischen Meisterschaften. Nach dieser intensiven Zeit konnte ich mich endlich dem Reiten widmen und auch meine Mutter dafür begeistern.

Studium und Familie

Leider mussten wir später unser geliebtes Pferd einschläfern lassen. Wir konnten aber ein Stut-Fohlen aus der Stute ziehen, das uns noch viele Jahre begleitet hat.

In München aufgewachsen begann ich dort mein Studium in Kunstgeschichte und Französisch, wechselte später zur Architektur und schloss mein Studium in Darmstadt ab.

Mit meinem Mann ging ich nach Aschaffenburg und wir bekamen eine kleine Tochter. Dank der Unterstützung meiner Schwiegermutter, die sich um unsere Tochter kümmerte, konnte ich mein Studium erfolgreich beenden.

Berufliche Entwicklung und Freundschaften

Mit meinem architektonischen Wissen entwarf ich unser Haus, in dem wir bis heute leben.

Freundschaften sind mir sehr wichtig. In einer "Hausfrauenreitstunde" knüpfte ich wertvolle Kontakte und nach dem Reiten genossen wir oft ausgedehnte Frühstücke. Einige dieser Freundschaften bestehen bis heute, ebenso wie Freundschaften aus einem Malkurs an der VHS oder beim Sport. Auch aus meiner Zeit in München gibt es sogar noch Freundschaften, die mittlerweile über 50 Jahre bestehen.

Musik und lebenslanges Lernen

Musicals sind meine große Leidenschaft und ich hatte das Glück, in einem Projektchor bei vier Musical-Produktionen mitzusingen. Zurzeit singe ich in einem Gospelchor, wo ich mich sehr wohl und angenommen fühle. Als Kind habe ich Klavier gelernt und seit über 30 Jahren spiele ich Gitarre.

Meine ehrenamtliche Tätigkeit ist die langjährige Betreuung der Bücherei in meinem Stadtteil.
Mein Wissensdurst ist unstillbar, man könnte auch sagen, ich bin süchtig nach Informationen. Lebenslanges Lernen ist zu meinem Lebensmotto geworden. Als Architektin habe ich halbtags gearbeitet und mich später intensiv mit Energieeffizienz und Umweltschutz beschäftigt. Beim Caritasverband und in unterschiedlichen Pfarreien habe ich mein Wissen gerne weitergegeben und war beim Aufbau ver-

schiedener Projekte wie dem Stromsparservice dabei. Um unsere Projekte überhaupt starten zu können, brauchten wir Fördergelder und ich bin stolz darauf, dass es mir durch mein Engagement gelungen ist, diese auch zu bekommen und dass einige Projekte mit Preisen ausgezeichnet wurden.

Aktuelle Tätigkeit und Zukunftswünsche

Heute arbeite ich an der TH in Aschaffenburg an Projekten, in denen wir Schülerinnen und Schüler im Energiesparen unterrichten.
Seit 2015 geben wir unser Wissen in Workshops an Flüchtlinge aus Syrien weiter und seit 2022 auch an ukrainische Schülerinnen und Schüler.
Mein größter Wunsch, der wohl ein Traum bleiben wird, ist es, auf dem Land zu leben – viel Freiraum und doch Nähe zur Stadt zu haben, sowie mit vielen Tieren.
In meiner Fantasie sehe ich mich schon, meine beiden kleinen Enkelsöhne auf Esel zu setzen, sie reiten zu lassen, mit ihnen die

Tiere zu füttern und Eier aus dem
Hühnerstall zu holen, die wir uns zum
Frühstück schmecken lassen.

Die Lebensreise

eines Glückskindes: Von der Kindheit im Mehrgenerationenhaus zum eigenen Weg ...

... Ich bin Tanja B. und wuchs in einem lebhaften Mehrgenerationenhaus auf, als Älteste von drei Geschwistern. Da meine Eltern beide berufstätig waren, verbrachte ich den Großteil meiner frühen Kindheit in der liebevollen Obhut meiner Großmutter, die ich als meine "Bonusmutter" betrachtete. Diese weise Frau schenkte mir nicht nur Liebe, sondern auch ein tiefes Gefühl der Geborgenheit. Schon früh übernahm ich Verantwortung und half, meine jüngeren Geschwister zu betreuen. Diese Erfahrungen prägten mich und waren später von großem Nutzen in meinen sozialen Engagements und beruflichen Tätigkeiten. Man könnte meine früh übernommene Verantwortung auf zwei Arten sehen: Als eine Art Freiheit, meinen eigenen Weg zu finden oder als Ausdruck der Gleichgültigkeit meiner Eltern, die mich einfach machen ließen. Ich entschied mich dafür, das Positive zu sehen und nutzte die Freiheit voll aus. Schnell wurde ich die Anführerin einer kleinen "Kinderbande" in unserer Nachbarschaft.

Mit 15 übernahm ich die Leitung einer Jugendgruppe bei Jungkolping. Diese Rollen halfen mir, meine Fähigkeiten zu entwickeln und meine Identität zu festigen.

Eine große Auseinandersetzung mit meinem Vater im Alter von 14 Jahren führte zu meinem Entschluss, das Elternhaus mit 18 zu verlassen.

Tatsächlich heiratete ich vier Tage nach meinem 18. Geburtstag meinen Seelenpartner.
Als frischgebackene Ehefrau bestand ich sechs Monate später mein Fachabitur und begann eine Ausbildung zur Erzieherin, wobei ich meinen ursprünglichen Berufswunsch "Sozialpädagogin" zunächst zurückstellte.
Nach Abschluss meiner Ausbildung arbeitete ich zunächst als Erzieherin im

Kindergarten, zuletzt sogar als Leitung.

In den fünf Jahren Ehe, bevor unser erstes Kind geboren wurde, unternahmen mein Mann und ich viele Reisen nach Frankreich. Mit unserem PKW fuhren wir umher, blieben, wo es uns gefiel, und erlebten viele schöne Momente, auch wenn wir immer im Auto schliefen.

Zwei Jahre vor dem Tod meines Mannes erfüllten wir uns unseren alten Traum und kauften ein Wohnmobil, mit dem wir komfortabler reisen konnten.

Vor der Geburt unseres ersten Sohnes zogen wir, um Geld für ein Haus zu sparen, bei meinen Eltern ein. Dort kamen zwei weitere Söhne zur Welt, und wir nahmen einen Pflegesohn auf, der ein Jahr älter war als unser erstes Kind. Zusätzlich hatten wir noch zwei Hunde.

Fünf Jahre später fanden wir unser Traumhaus, ein altes Gebäude mit einem wunderschönen Garten, das wir in wenigen Monaten in ein gemütliches Zuhause verwandelten. Ein Jahr später vervollständigte eine drei Monate alte Pflegetochter unsere Familie. Nach einem Jahr mit fünf Kindern im Alter von 0 bis 7 Jahren und zahlreichen Bauprojekten am Haus, war ich körperlich und seelisch am Ende. Wir entschieden uns, unseren Pflegesohn zurückzugeben, da seine Mutter wieder in der Lage war, sich seiner anzunehmen.

Als unsere Pflegetochter sechs Jahre alt war, entschied das Betreuungsgericht auf Drängen ihrer Mutter, einer schwer psychisch kranken Frau mit spielsüchtigem Ehemann, dass sie das Sorgerecht zurückerhalten sollte.

Dieser Schock stürzte mich in eine tiefe Lebenskrise, die sogar eine Nahtoderfahrung mit sich brachte. Endlich nahm ich die dringend benötigten Therapien in Anspruch, die mein Leben grundlegend ver-änderten.

Ein Jahr später arbeitete ich als Erzieherin an einer Förderschule und begann sechs Monate danach meinen ersten Lebenstraum

zu verwirklichen: Das Studium der Sozial-
pädagogik. Mein Berufspraktikum absolvierte ich im Gefängnis, währenddessen ich
dort die Info erhielt, mich doch bei der
Bewährungshilfe zu bewerben, weil dort
gerade zwei Stellen frei waren. Und eine
davon bekam ich und wurde Bewäh-
rungshelferin. Das war ein großer Glücksfall!

Unser christlicher Glaube war stets ein
wichtiger Bestandteil unseres Lebens. In der
katholischen Kirche waren wir im Familien-
kreis aktiv, schrieben Pfarrbriefe und
bereiteten Gottesdienste vor. Unsere
geistige Heimat fanden wir in Taizé, wohin
wir viele Jahre pilgerten, sowohl mit der
Familie als auch später als Ehepaar. Diese
Erfahrungen prägten uns tief. Zu Hause
veranstalteten wir Taizé-Gebete in der
eigenen Pfarrei und zusammen mit anderen
Gruppen, auch in größerem Rahmen. Ein
kleiner christlicher Hauskreis begleitete uns
über 15 Jahre und bot Raum für den Austausch über Lebensfragen.
2008 erkrankte einer meiner Söhne schwer
und musste sein Studium abbrechen. Zwei
Jahre später starb mein Mann plötzlich und

unerwartet nach 36 Jahren Ehe. Diese beiden Schocks kurz hintereinander waren eine große Herausforderung für mich.

Dank meines starken Lebenswillens und meines Optimismus, den ich meinem Vater zu verdanken habe, überstand ich diese schwierigen Zeiten jeweils mit einem Neubeginn. Nach dem Tod meines Mannes fand ich Trost und Kraft in der mehrjährigen Ausbildung zur energetischen Heilerin. Diese Erfahrung brachte nicht nur mir, sondern auch meiner Familie und vielen Freunden, Heilung.
Ich erkannte die Macht der Gedanken: „Die Energie folgt dem Gedanken."
Diese besondere Gabe nutze ich auch, um Ereignisse positiv zu beeinflussen, wie zum Beispiel den 90. Geburtstag meiner Mutter, bei dem sich alle Familienmitglieder zu einer ungewöhnlich harmonischen und freudigen Feier versammelten.
Erst als ich begann, mein Leben allein zu gestalten, konnte sich mein Selbstbewusstsein und Selbstwertgefühl vollständig entfalten. Mit diesem neuen Mut kaufte ich mir von meinem Erbteil ein Wohnmobil und

verwirklichte erneut den Traum vom Reisen.

Nach dem Scheitern einer siebenjährigen Beziehung hatte ich noch für vier Monate einen anderen Freund. Doch auch diese Beziehung erwies sich als unpassend. So entschied ich mich, mein Haus 2024 meinem jüngsten Sohn zu übergeben. Künftig werde ich mit ihm, seinem sechsjährigen Sohn und meinem kranken Sohn in einem Mehr-Generationenhaus zusammenleben. Darauf freue ich mich sehr.

Meine ausgeprägte Intuition hat mich oft die richtigen Entscheidungen treffen lassen. Ich habe gelernt, auf mein Herz zu hören.

Mein Leben, mit all seinen Höhen und Tiefen, hat mir viele wertvolle Erfahrungen geschenkt, darunter auch viele Erlebnisse der Liebe.

Und das ist das größte Glück, das man sich wünschen kann.

Zwischen Chaos
und Glauben ...

... Ich, Susanne B., bin eine 68erin, geboren in eine Welt voller Dramen und *) Slapstick-Momenten. Aufgewachsen in einem chaotischen Elternhaus, fühlte ich mich oft wie eine Statistin in einer endlosen Soap-Opera, in der Streit, Zank und Missgunst die Hauptrollen spielten. Mein Bruder und ich wurden in diese turbulente Kulisse geworfen, und als wäre das nicht genug, lebten wir teilweise auf einem Binnenschiff – der schwankenden Bühne meines Vaters. Kein Wunder, dass wir in meiner Kindheit 15-mal umgezogen sind; vielleicht waren wir einfach auf der Flucht vor dem Drehbuchautor.

Aus der Not heraus und auf der Suche nach einem sicheren Einkommen entschied ich mich, Bäckereifachverkäuferin zu werden. In der Backstube war ich die Star-Performerin, die Brötchen mit einem charmanten Lächeln verkaufte. Nebenbei legte ich im Altenheim eine zweite Karriere als "gute Seele" hin, schließlich lag mir das Soziale immer am Herzen.

Heute betreue ich liebevoll die Mutter meines Mannes bei uns zu Hause – ein weiterer Beweis, dass ich nicht nur auf der Bühne, sondern auch im wahren Leben, ein Herz für Nebenrollen habe.

Meine Jugendzeit war wie eine lange Episode einer melancholischen *1) Sitcom.. Die kleinen depressiven Phasen waren die Werbeunterbrechungen, die sich irgendwann zu einer ganzen Staffel voller tieftrauriger Momente auswuchsen.
2019, als die Quoten meiner Lebensfreude einen Tiefpunkt erreichten, erlebte ich meinen eigenen dramatischen *2) Cliffhanger: Eine Freundin schleppte mich mit in ihre Gemeinde, wo ich meinen Glauben wiederfand. Ein echter *3) "Plot Twist", der mich daran hinderte, in der letzten Staffel vorzeitig den Stecker zu ziehen. Der wahre Star meiner Lebensgeschichte ist jedoch mein Mann, der Retter in der Not, den ich

1986 heiratete. Mit ihm zusammen bekamen wir zwei wunderbare Jungs, die mich immer wieder daran erinnern, dass das Leben auch eine Komödie sein kann.

Mein Comeback feierte ich in einem Gospel-chor, wo ich bis heute mit Leidenschaft singe. Nichts bringt die Tränen der Rührung und das Lachen der Freude so sehr zusammen wie ein guter Gospel-Song.

Meine kreative Ader habe ich wohl von meinem Vater geerbt. Mein Traum ist es, einen kleinen Kunst-Bauwagen zu gestalten, in dem ich meine künstlerischen Talente ausleben kann.

Ein Ort, wo ich endlich das tun kann, was ich wirklich liebe – malen, schreiben, kreativ sein – ohne Regieanweisungen von anderen. Und während ich weiter daran arbeite, eine bessere Mutter zu sein, hoffe ich, dass meine Söhne eines Tages sagen: "Du bist die beste Mutter der Welt." Denn wenn das Leben eines ist, dann eine Komödie mit einer Menge Herz.

Erklärung:

*) Slapstick = Effekte, die durch körperbezogene Aktionen hervorgerufen werden = Gewalt

*1) Sitcom = Situationskomödie

* 2) Cliffhanger = offener Ausgang einer Episode auf dem Höhepunkt

* 3) Plot Twist = Handlungswende

Vom ständigen Kampf
zur langersehnten Freiheit ...

... Ich heiße Gabi P.-R. und wurde in der DDR geboren, genauer gesagt in der Nähe von Chemnitz als Sandwichkind zwischen zwei Brüdern. Weder das Brot noch der Belag waren gewöhnlich – ich fühlte mich wie die spezielle Schicht dazwischen, die keiner übersehen konnte, weil sie dem Ganzen das Besondere verlieh.

Meine Eltern, damals gerade mal 16 und 17 Jahre jung, waren noch fast Kinder und hatten alle Hände voll zu tun mit ihrer eigenen Entwicklung. Man könnte sagen, ich war das beste Beispiel für "Jugendsünden mit Spätfolgen".

Meine Kindheit? Naja, ich wuchs in einer

Welt auf, die voll von Konflikten und Spannungen war. Meine Eltern stritten mehr als die Richter in einer Gerichtsshow, und ich wurde zur unfreiwilligen Friedensstifterin, eine Art Mini-Gandhi im Kinderzimmer. Aber egal, wie oft ich den Konflikt löste, ich fühlte mich wie der Sidekick in meiner eigenen Familienserie. Am meisten sehnte ich mich danach, dass meine Mutter mir ein bisschen mehr Zuneigung und Aufmerksamkeit schenkt. Was sie und mein Vater mir aber wirklich beigebracht haben, ist, wie man das Leben mit einem Hauch Verrücktheit würzt – zum Beispiel, zu fünft auf einem Berliner Roller in den Urlaub zu fahren.

Nach der Schule entschied ich mich für eine Ausbildung zur Apothekenfacharbeiterin, denn irgendjemand musste ja dafür sorgen, dass in unserer Apotheke nicht nur Pillen verkauft wurden, sondern auch ein bisschen Ordnung herrschte.

Parallel dazu begann ich ein Fernstudium als Pharmazieingenieurin, weil der Nahkampf mit den Kunden im Laden schon anstrengend genug war. Aber das Leben in der DDR war kein Zuckerschlecken und so musste ich irgendwie mein Konto aufpäppeln.

Also übernahm ich diverse Nebenjobs: Ich war Kellnerin, Statistin im Theater – kurzum, ein Mädchen für alles, das ständig auf Achse war, um über die Runden zu kommen.

Trotz all der Hindernisse gelang es mir, eine Apotheke zu leiten – ein Erfolg, auf den ich heute noch stolz bin. Doch kaum hatte ich meine weiße Kittelschürze gebügelt, schlug das Schicksal zu.

Ich verliebte mich in einen Rumänen, der im Westen blieb, und als die Behörden Wind davon bekamen, stand die Stasi plötzlich vor meiner Tür – wie ungebetene Partygäste, die einfach nicht gehen wollen. Meine Karriere als Apothekenleiterin war abrupt vorbei, und ich fühlte mich wie eine Hauptdarstellerin, die mitten im Film herausgeschnitten wurde.

Ein besonders denkwürdiges Kapitel in meinem Leben war die Episode mit meinem treuen Trabant. Ich wollte nichts anderes, als ein bisschen schwimmen gehen – doch an der tschechischen Grenze wurden erst mein Trabi und dann ich selbst auseinandergenommen. Nackt! Ein Erlebnis, das mir definitiv nicht auf meiner Bucket List gefehlt hatte und tiefe Spuren in meiner Seele hinterlassen hat.

Zum Glück gab es da die Musik von Ralf Biermann und Bettina Wegener, die mir half, den Kopf oben zu halten. Ihre politischen Texte gaben mir den Mut, meine eigene Stimme zu finden. Aus meiner ersten Ehe ging mein geliebter Sohn hervor – ein Lichtblick inmitten all des Dramas. Die Ehe selbst hielt zwar nicht, aber Scheidung ist schließlich auch eine Form von Neubeginn. Lange Zeit war ich eine „People Pleaserin", immer darauf bedacht, es allen recht zu machen – bis mein Körpergewicht die Notbremse zog und sagte: „Stopp, nicht mit mir!" Schließlich stellte ich einen Ausreiseantrag und schaffte es in den Westen, wo mir meine Cousine und deren Mann oft zur Seite standen. Und selbst dort war mein Leben ein einziger Kampf:
Erst um die Liebe meiner Eltern, dann um die bloße Existenz in einer Welt, die zu mir

oft so freundlich war wie ein Montagmorgen ohne Kaffee. Heute bin ich mit einem Mann verheiratet, der 12 Jahre jünger ist als ich - vielleicht habe ich ja aus meinen Fehlern gelernt und einfach nach unten korrigiert.

Schon seit 45 Jahren arbeite ich als Pharmareferentin, seit 30 Jahren in der Onkologie. Das Arbeitsumfeld ist so motivierend wie ein leerer Kühlschrank, doch die Innovation in der Medizin lässt mich nicht los, denn ich wollte schon immer aus tiefstem Herzen Menschen helfen. Doch jetzt freue ich mich auf das Sahnehäubchen des Lebens, meinen Renteneintritt, um das zu tun, was mich auch noch erfüllt.

Das Leben war immer ein einziger Kampf, aber am Horizont sehe ich die Freiheit – und die ist hoffentlich so schön wie der erste Bissen in eine frische Scheibe Brot nach einer langen Diät.

Vom Tellerwäscherinnen-Traum

zur Gürteldesignerin: Ein Leben, das sich nicht unterkriegen lässt ...

... Ich heiße Martina H., geboren in Zwickau als Nachzüglerin von zwei Schwestern und einem Bruder. Ich habe schon früh gelernt, wie man sich in einer großen Familie behauptet – vor allem, wenn man aus ärmlichen Verhältnissen stammt und die Mutter bereits 49 Jahre alt ist und gefühlt alles andere als Lust auf noch ein weiteres Kind hatte. Meine Mutter war mit uns allen völlig überfordert, und bereits in der achten Klasse wollte sie mich aus der Schule nehmen.

Nicht etwa, weil ich so unglaublich schlau

war und schon alles wusste – nein, das liebe Geld war mal wieder der Spielverderber.

Zum Glück gab es den Schuldirektor, der meinen Wegkreuzer spielte und ein Stipendium für mich organisierte, sodass ich die Schule tatsächlich beenden konnte. Schon als Kind war ich darauf angewiesen, nach Arbeit Ausschau zu halten – und das tat ich mit einer Leidenschaft, die für andere Kinder wahrscheinlich sehr befremdlich gewirkt haben muss. Ob Kartoffel- oder Obsternten, ich war immer vorne mit dabei und wurde nach der Anzahl der gefüllten Körbe bezahlt. Geld war schließlich Mangelware, und ich wusste: Jede Mark zählt. Zu Hause musste ich die Hälfte meines hart verdienten Geldes abgeben, nur um dann festzustellen, dass meine Mutter für sich heimlich Kuchen kaufte – eine Entdeckung, die mich mit dem Humor der Verzweiflung zurückließ.

Meine Berufswünsche? Ich wollte immer in den medizinischen Bereich, doch meine Mutter fand das eine Schnapsidee. Also half ich bei Festivitäten aus und schleppte Teller in Gaststätten – schließlich sollte ich ja "was

Vernünftiges" lernen. So landete ich in einer Ausbildung zur Einzelhandelskauffrau, was für zwei Jahre auch ganz okay war. Dann wechselte ich in eine Kinderkombination, wo ich als Wirtschaftsleiterin den Überblick über alles Mögliche hatte – von Säuglingen bis hin zu Adoptivkindern.

1986 packte mich das Fernweh, und ich landete in Österreich. Allerdings ohne Aufenthaltsgenehmigung und Arbeitserlaubnis – was das Leben dort eher zu einem Survival-Trip machte als zu einem neuen Anfang. Also zog ich 1986 in die Bundesrepublik um, wo mich dann das Abenteuer Ehe erwartete. Leider stellte sich heraus, dass das eher ein Horrorfilm als eine Romanze war – Auseinandersetzungen und Gewalt waren an der Tagesordnung.

Doch aus dieser Ehe ging mein geliebter Sohn hervor. Als er acht Jahre alt war und ich keine Kraft mehr hatte, zog er zu seinem Vater. Der wenig vorhandene Kontakt zu ihm schmerzt mich bis heute – aber ich halte mich wacker.

Ende 1987 entschloss ich mich, meine kreative Seite auszuleben.

Gürtel-Kreationen waren meine neue Leidenschaft – schließlich kann man nie genug davon haben, oder? In der DDR fehlte mir oft das nötige Material, aber ich habe mir handwerklich so einiges draufgeschafft: Tapezieren, Möbelbau und sogar ein Fahrrad selbst zusammenzubauen. Auch die Klöppel-kunst habe ich mir angeeignet und damit sogar ein wenig Ruhm in der DDR geerntet – wer hätte das gedacht?

In meinem Leben war und ist immer Platz für neue Interessen:
Sprachkurse, Leistungsschwimmen, Tennis, Yoga – ich hab's alles mal ausprobiert. Und heute? Ich singe in einem Gospelchor, fahre leidenschaftlich gern Fahrrad und habe meine Liebe zu Pflanzen entdeckt. Meine Pflanzen sind wie meine Kinder – sie wachsen und gedeihen (zumindest meistens) und lassen mich fühlen, als lebte ich im Paradies.
Aber das war noch nicht alles: Seit einigen Jahren engagiere ich mich ehrenamtlich in der Nachbarschaftshilfe. Von 2018 bis 2023 habe ich mich zudem intensiv um Migranten gekümmert.
Es erfüllt mich, anderen Menschen zu

helfen und dabei ein kleines Stück zu einer besseren Welt beizutragen.

Für die Zukunft wünsche ich mir vor allem Gesundheit, einen klaren Kopf und – wer weiß – vielleicht auch mal wieder einen Wortwechsel mit meinem Sohn, der mich hoffentlich nicht ganz vergessen hat.

Aber, man weiß ja nie, was das Leben noch so an Überraschungen parat hält!

Die Großfamilie

als Übungsfeld für ein starkes Leben voller Bildung, Kultur und Herz …

…Ich heiße Edeltraud B. und stamme aus einem Elternhaus in Gräfendorf, das man wohl am besten als eine Art Mini-Welt beschreiben könnte. Unser Haus war eine offene Bühne für Menschen aus allen möglichen Kulturen, und Berührungsängste – egal ob mit Menschen aus anderen Ländern oder mit Behinderungen – gab es bei uns schlichtweg nicht. Neben uns Kindern lebten auch mein Großvater und eine alleinstehende Tante im Haus, was das Familienleben besonders lebendig machte.

Das Leben war turbulent, doch es war auch geprägt von den starken inneren Strukturen und Haltungen meiner Eltern. Ohne dass sie es aussprachen, haben wir Kinder alle gespürt: Wenn wir nicht als Teil der Großfamilie zum Gelingen beitragen, dann funktioniert das Projekt Großfamilie nicht.

Dagegen gewehrt haben wir uns nicht. Die Ressourcen von Zeit und Geld waren knapp und erforderten den Einsatz aller Familienmitglieder. So fungierte jeder von uns als Rädchen im System, genauso wie es unsere Eltern uns vorlebten und auch von uns verlangten.

Mein Vater hatte zwei Aufgaben: Als Selbstständiger führte er ein kleines Sägewerk und widmete sein Wirken der Landwirtschaft.
Aufgrund einer Kriegsverletzung am Bein war er jedoch oft im Krankenhaus, und meine Mutter musste alle Aufgaben bewältigen. Damit war sie oft überfordert.
Bildung wurde bei uns besonders mütterlicherseits großgeschrieben. Bücher gab es zu Weihnachten, und monatlich kam der Reader's Digest ins Haus. Freizeit gab es nur am Sonntagnachmittag.

Als drittes von acht Kindern war ich schnell als "Mini-Mutter" im Einsatz und nahm mich meiner jüngeren Geschwister an. Jeder von uns kämpfte darum, gesehen zu werden und seinen Raum in dieser turbulenten Großfamilie zu finden.

Doch zum Glück gab es die Natur. Die war meine persönliche Ruheoase, mein Kraftquell – und ab und zu auch mein Versteck, wenn die Turbulenzen drinnen mal wieder zu groß wurden.

Meine Geschwister lernten alle ein Musikinstrument, weil es die vom örtlichen Musikverein gab. Ich glaube, mir war der Sinn für Schönes schon in die Wiege gelegt worden, denn ich war diejenige, die das Wohnzimmer aufräumte, für frische Blumen sorgte und die rumliegenden Schuhe weg- räumte, weil sie mich störten.
Gegenüber meinen Mitschülerinnen empfand ich es als Mangel, dass wir weder in Urlaub fuhren, noch kulturelle Veranstaltungen besuchten. Doch ich habe diesen Mangel überwunden und mir das Kulturelle später in mein Leben geholt.

Lebensfreude erfuhren wir bei den Festen, denn immer hatte einer von uns Geburtstag, was dazu führte, dass die Arbeit um 16 Uhr niedergelegt und dann gefeiert wurde. Schon früh entwickelte ich Freude daran, meinen Geschwistern Dinge beizubringen, die sie tatsächlich brauchen konnten. Und so war für mich klar: Lehrerin – das ist mein Ding! Am liebsten wäre ich schon mit vier Jahren in die Schule gegangen, was mir ein Bruder auch hoch und heilig versprochen hatte. Leider wurde daraus nichts, aber mit fünf Jahren durfte ich zumindest an zwei Nachmittagen Schulluft schnuppern. Von da an lief meine Schullaufbahn wie am Schnürchen. Ich liebte es zu lernen, schloss die Realschule ab und setzte noch die Fachoberschule obendrauf, die ich mit dem Fachabitur erfolgreich beendete. Meine Berufung fand ich schließlich als Fachlehrerin in Gemünden, wo ich mit Begeisterung Werken, Handarbeiten, Kochen und Ernährung unterrichtete. 1976 lernte ich meinen Mann in Würzburg kennen und schnappte ihn mir – oder er mich, das ist je nach Erzählung unterschiedlich. Wir heirateten, bekamen zwei wunderbare Kinder und inzwischen fünf genauso wunderbare Enkelkinder. Neben meiner Lehrtätigkeit bin ich stolz auf mein Engagement als ehrenamtliche Betreuerin für Flüchtlinge. Durch diese Arbeit konnte ich in Kulturen eintauchen, die ich sonst nie kennengelernt hätte - ein Geschenk, das mich bis heute bereichert.

Als die Kinder groß waren und meine Mutterrolle weniger forderte, suchte ich mir neue Herausforderungen. So belebte ich mein Interesse für Psychologie erneut, absolvierte eine Yoga-Lehrerinnen-Ausbildung und löste mich von den traditionellen religiösen Vorstellungen, um mich mehr dem spirituellen Wachstum zu widmen.

Noch immer liebe ich es, Dinge nach meinen Vorstellungen schön zu gestalten, in der Natur Kraft zu tanken und natürlich zu lesen.

Die Beziehung zu meinen Enkeln ist mir besonders wichtig. Erst kürzlich haben wir mit den beiden älteren Enkelkindern eine Städtetour nach Salzburg gemacht – ein Erlebnis, das uns alle bereichert hat. Es ist schön, gebraucht zu werden und der Gesellschaft etwas zurückzugeben, was ich in der Großfamilie gelernt habe.

Heute führen wir alle ein erfolgreiches und erfülltes Leben, das uns stolz sein lässt auf unsere "Großfamilie".

Vom Familienbetrieb

zur Selbständigkeit: Ein Leben mit Herz und Humor ...

... Ich heiße Hedi W. und war als Nesthäkchen von drei Kindern, die alle im 11-Monats-Rhythmus auf die Welt plumpsten, das letzte Puzzlestück unserer fröhlichen Kinderschar. Aufgewachsen bin ich in Röllfeld bei Klingenberg, einem Fleckchen Erde, wo mein Großvater nach dem Krieg ein Bauunternehmen aus dem Boden gestampft hat. Später hat mein Vater das Zepter – oder besser gesagt den Betonmischer – übernommen. In unserer Familie herrschte die klassische Rollenverteilung: Opa und Papa haben sich mit Mörtel und Ziegel beschäftigt, während Oma - eine leidenschaftliche Hauswirtschaftlerin, das Regiment im Haushalt führte. Und wir Kinder? Wir profitierten von Omas Küchenzauber und den strengen Blicken des Kindermädchens, das uns in Schach hielt, wenn wir mal wieder zu wild wurden. Unsere Familie glich einem Bienenstock: Kunden und Arbeiter gingen ein und aus und es war immer was los – Langeweile war bei uns ein Fremdwort.

Meine Geschwister und ich durchliefen alle die gleichen Stationen: gleicher Kindergarten, gleicher Schwimmkurs, gleicher Skikurs, gleiche Schule. Unsere Eltern legten uns den Konkurrenzgedanken in die Wiege – das war bei uns so selbstverständlich wie der Sonntagsbraten.
Trotzdem wuchsen wir gleichberechtigt auf, denn unseren Eltern war eine gute Ausbildung wichtig und, dass wir unser eigenes Geld verdienen konnten.
Sommer wie Winter ging es auf Reisen und diese Lust am Entdecken ist bis heute geblieben. Meine Schulzeit lief glatt, wie man es sich nur wünschen kann, und so landete ich schließlich in Paderborn, um Wirtschaftswissenschaften zu studieren. Ganz anders als meine ursprünglichen Berufsträume: Erst wollte ich Lehrerin werden, dann Stewardess – aber bei der Mindestgröße wurde mir leider ein Strich durch die Flugzeugrechnung gemacht.

Der Berufseinstieg bei Swatch entpuppte sich als eine wahre Hoch-Zeit: Die Leute rissen uns die Uhren förmlich aus den Händen, und wenn neue Kollegen kamen oder alte gingen oder neue Kollektionen vorgestellt wurden, veranstaltete die Firma grandiose Events – vom Tigerpalast über die Waldbühne in Berlin bis zum Matterhorn war alles dabei. Doch irgendwann wollte ich finanziell höher hinaus und wechselte nach fünf Jahren zum Weltmarktführer Nike. Dort ließ ich nicht nur meine Lungen an der frischen Luft, sondern entdeckte auch meinen sportlichen Ehrgeiz. Mein Job führte mich quer durch Europa und die USA, was meiner Reiseleidenschaft natürlich sehr zugute kam. Nach zehn spannenden Jahren und der Geburt meines geliebten Sohnes veränderten sich meine Prioritäten.

Nach einem Jahr Babypause machte ich mich in der Immobilienverwaltung selbstständig. Auch privat lief es rund: Meinen Lebenspartner lernte ich als Schülerin im Tanzkurs kennen, und 2024 feierten wir unsere Silberhochzeit – die Kombination aus Bauingenieur und Immobilienverwalterin passt einfach wie der Schlüssel ins Schloss. Unsere Mütter waren uns eine große Hilfe, als unser Sohn noch klein war, und dafür sind wir ihnen bis heute unendlich dankbar.

Neben der Arbeit, die mir große Freude bereitet, widme ich mich dem Sport, lerne neue Sprachen, singe im Gospelchor und bin politisch interessiert. Ab und zu besuche ich auch mal Veranstaltungen, um Politikerinnen und Politiker aus der Nähe zu erleben – schließlich will man ja wissen, wem man so applaudiert (oder auch nicht).

Außerdem lese ich gern und habe vor Kurzem das Golfspielen für mich entdeckt – gar nicht so einfach, aber es macht großen Spaß.

Eine bakterielle Infektion hat mich kürzlich ausgebremst und ich wünsche mir für die Zukunft, dass ich fit bleibe und mein Leben weiterhin nach meinen Vorstellungen gestalten kann.

Und natürlich, dass unser Sohn seine eigenen Lebensziele erreicht – schließlich muss der Apfel ja nicht weit vom Stamm fallen …

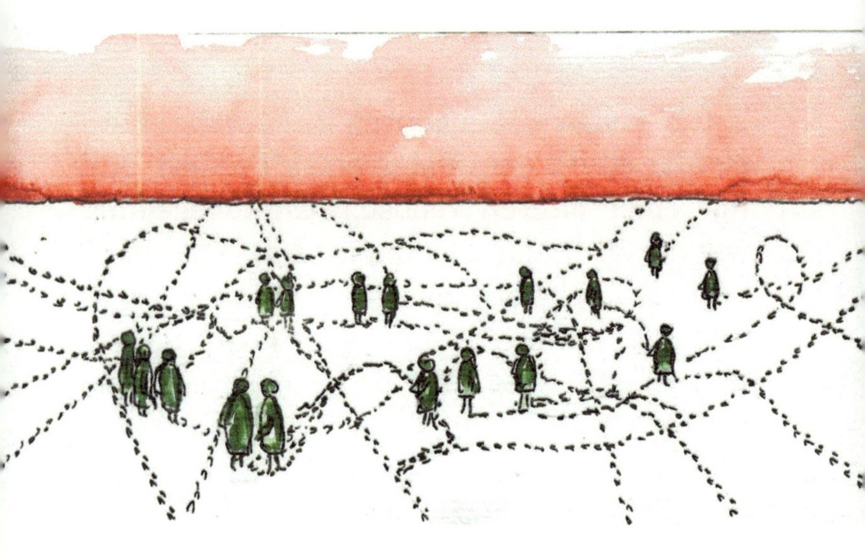

Von Mieze-Oma
bis Mama-Power ...

... Ich, Melanie H., geboren in Aschaffenburg als die ältere Schwester eines Bruders und mit einer älteren Halbschwester gesegnet, wuchs in einer Kindheit auf, die nach Wärme, Geborgenheit, Toleranz und Respekt duftete. Alles also fast wie im Bilderbuch, wenn da nicht ständig diese Wolke über unserem Familienidyll geschwebt hätte: die Sorge um meinen Papa. Er hatte, als ich fünf war, einen Herzinfarkt.

Mein großer Traum? Tänzerin werden! Doch meine Schüchternheit spielte nicht mit. Anstatt in Tanzschuhe zu schlüpfen, zog ich es vor, in meiner eigenen kleinen Fantasiewelt zu tanzen, während die Bühne der Realität leer blieb.

Schulisch lief es anfangs in der Grundschule gut und naja, später, nennen wir es „durchwachsen". Nach zwei Jahren Hauptschule, die sich in meiner Erinnerung eher wie ein Horrorfilm abspielten, ging es dann glücklicherweise auf die Realschule. Doch mit 16 stand ich genauso ratlos vor der Zukunft wie ein Hund vor einem Spiegel. Zum Glück entdeckte Papa eine Anzeige der AOK in der Zeitung. Bewerbung abgeschickt, genommen, Ausbildung absolviert – und seitdem bin ich im gleichen Job. Mein Arbeitsplatz? Der gefällt mir meistens, aber naja, wie das so ist: Auch der schönste Tanz hat mal ein paar Stolperer.

Und so tanze ich durchs Leben – vielleicht nicht auf der Bühne, aber definitiv in meinen eigenen Schuhen!

Seit 18 Jahren bin ich nun verheiratet und stolze Mutter von zwei Söhnen.

Einer meiner Jungs kam per Not-
kaiserschnitt zur Welt und hat mich
anschließend als kleines Schreibaby bis zum
Ende des dritten Monats an den Rand des
Wahnsinns getrieben. Doch zum Glück hatte
ich meine Mama – meinen Herzens-
menschen – an meiner Seite. Sie hat mich in
dieser Zeit unglaublich unterstützt, und ich
hoffe, dass meine Söhne später genauso
gern an ihre Oma zurückdenken werden,
wie ich an meine „Mieze-Oma". Sie war als
Hausmutter in dem Kinderheim tätig, in dem
meine eigene Mutter aufwuchs, und sie war
der toleranteste Mensch, den ich je kennenlernen durfte. Bei ihr durfte ich immer
einfach ich selbst sein.
Diese Art von Toleranz und Geborgenheit
versuche ich heute an meine Söhne weiter-
zugeben.

Für die Zukunft träume ich davon, die Welt
zu bereisen. Die klassischen europäischen
Urlaubsziele sind schön, aber ich möchte
mehr sehen – neue Kulturen entdecken,
andere Perspektiven erleben und die Welt in
all ihren Facetten kennenlernen.

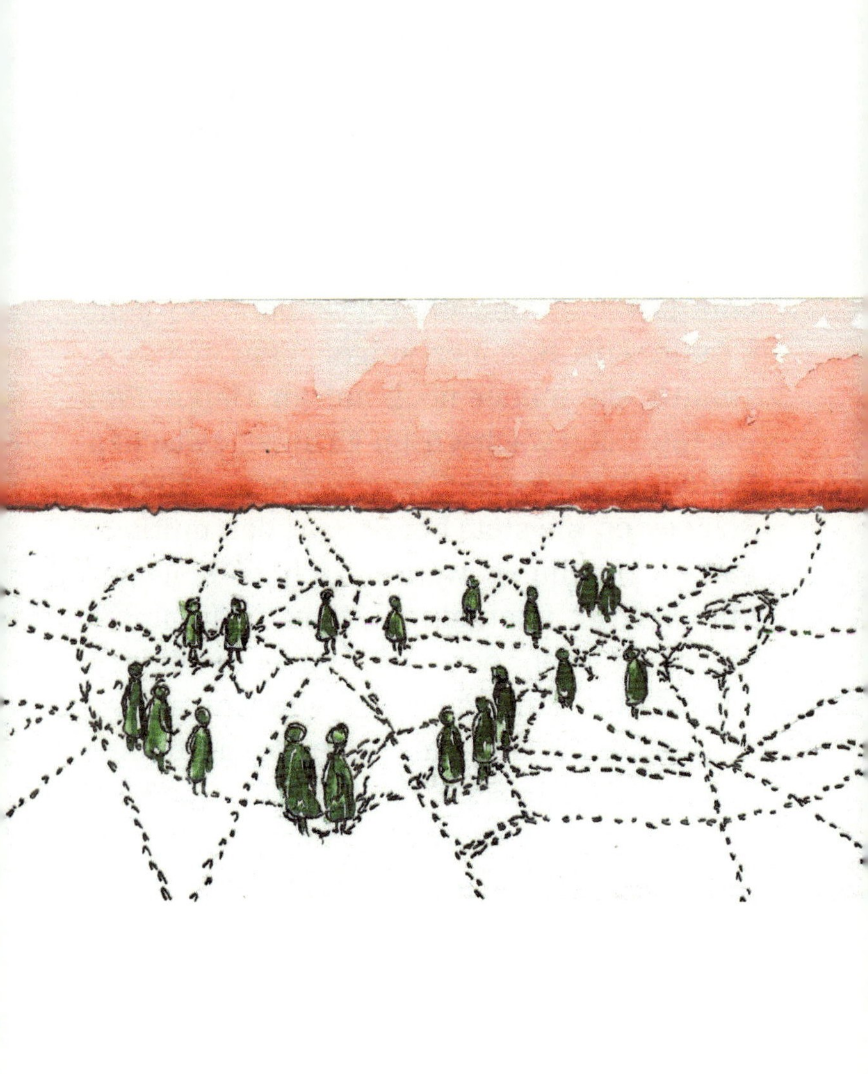

Von Bühnenflair

und Herzklang: Ein Leben zwischen
Theater, Träumen und Tapetenwechsel ...

... Manchmal fühlt sich das Leben an wie
eine Generalprobe ohne Premiere. So geht
es mir, Anja S., einer jungen Frau aus dem
Taunus, die immer noch auf ihr Happy End
wartet. Aufgewachsen im Grünen, zwischen
Wäldern, Wiesen und einer älteren
Schwester, die stets bereit war, den mutigen
Part einzunehmen, während ich die Rolle der
Mitspielerin übernahm. Mama war unser
kreativer Kopf, der mit neuen Spielideen
aufwartete, und Papa war derjenige, der
trotz seiner Arbeit am Wochenende immer
Zeit für Familienausflüge fand. Es war eine
behütete Kindheit – eine schöne Kulisse, in
der wir aufwuchsen.

Nach der Grundschule ging es dann ins
bayerische Gymnasium, wo ich das Abitur
ablegte. Schon damals zog mich alles, was
mit Kunst und Bühne zu tun hatte, magisch

an. In der Theater-AG war ich als "Küken" schon in der fünften Klasse dabei. Später durfte ich sogar die Abi-Abschlussfeier im Stadttheater Aschaffenburg moderieren. Ein grandioser Auftritt, wenn ich das selbst sagen darf!

Mein Vater, immer der Praktiker, legte mir nahe, erst mal eine Ausbildung zu machen. Also wurde ich Werbekauffrau. Doch das Werben für Produkte, hinter denen ich nicht stand, war wie auf einer Bühne zu stehen und das falsche Stück zu spielen.

Der Weg ins künstlerische Studium war für mich eigentlich vorgezeichnet: Theaterwissenschaften, Tanz, Regie – alles klang wie eine Bühne, die auf mich wartete. Doch die Unis hatten da andere Pläne, und ich bekam überall eine Absage. Zu alt fürs Tanzstudium und für die Regieausbildung reichte es auch nicht. Die Bühne lockte erneut – dieses Mal in San Francisco als Stage Managerin. Doch dort kam es zum „Drama des Herzens". Ein Musiker trat auf die Bühne meines Lebens und bescherte mir einen Ohrwurm, der mich buchstäblich bis heute begleitet.

Zurück in Deutschland versuchte ich es in Berlin mit Theaterwissenschaften, doch die Theorie machte mir schnell klar, dass ich eigentlich lieber auf der Bühne stehen wollte, statt darüber zu reden.

Also weiter zur nächsten Idee: Lehramt! Philosophie, Englisch und Deutsch sollten es sein, aber als ich die Jahre bis zum Referendariat überschlug, wurde mir klar: Diese Vorstellung dauerte einfach zu lange. Das Studium landete also im Fundus, und ich machte den nächsten Szenenwechsel. Ich arbeitete in verschiedenen Jobs, meistens als Projekt- oder Marketing-Assistentin. Doch der „Soundtrack" aus San Francisco hatte mich gesundheitlich angeschlagen.
Jetzt war es wieder Zeit für einen neuen Tapetenwechsel. Dieses Mal ging es nach Australien im Rahmen eines Working Holiday, das allerdings nach nur fünf Monaten endete – eine etwas kurze Aufführung. Während eines Kuraufenthaltes lernte ich meinen Partner kennen, und wir bekamen eine wunderbare Tochter. Die Beziehung hielt sechs Jahre und nun lebe ich mit meiner

Tochter allein.

Mein Alltag ist eine Herausforderung, aber ich bewältige ihn irgendwie mit Herz und Humor, um das Beste daraus zu machen. Meine Gesundheit ist noch ein offenes Kapitel und ich hoffe, dass ich eines Tages wieder fit genug sein werde, um endlich meinen künstlerischen Traum zu verwirklichen.

Das Happy End?

Vielleicht steht es schon irgendwo im Skript – ich warte geduldig darauf, dass es auf die Bühne meines Lebens tritt.

Vom Nesthäkchen

zur Powerfrau: Eine Geschichte voller Wendungen ...

... Ich bin Christel A., geboren als Nesthäkchen in Graach an der Mosel, zwischen Weinreben und dem Duft von Trauben, hätte mein Leben eigentlich geruhsam im Familienweingut verlaufen sollen. Mit zwei älteren Brüdern war ich das Baby der Familie – aber nur kurz! Denn kaum war ich alt genug, ein Frühstücksei zu kochen, wurde ich zur Küchenchefin befördert. Meine Mutter war oft im Krankenhaus, und so hatte ich früh die Verantwortung für Frühstück und Mittagessen. Immerhin durfte ich als gute Schülerin von der Schule früher nach

Hause – ein kleiner Trost.

Die Kindheit war ein bunter Mix aus Spaß und Ernst. Auf der einen Seite spielten wir Räuber und Gendarm oder kletterten auf Bäume, als wäre es unser Job. Auf der anderen Seite gab es auch Momente, in denen ich mich allein und traurig fühlte. Während andere davon träumten, das elterliche Geschäft zu übernehmen, wollte ich raus in die Welt. Ich wusste: Die Weinreben sind nicht meine Bühne. Also meldete ich mich heimlich in der Verwaltungsschule an. Der Plan? Nichts mit Wein, sondern Verwaltung! Mit bestandenem Abschluss in der Tasche, begann ich in der Verwaltung zu arbeiten. Aber das Leben hat manchmal andere Pläne. Ein Halswirbelbruch öffnete mir die Augen für die wohltuende Wirkung von Fango, Massagen und Krankengymnastik – und schon war meine Leidenschaft für die Physiotherapie geboren.

Während meiner Ausbildung lernte ich meinen Seelenpartner kennen. Wir heirateten, bekamen zwei Söhne und eine

Tochter. Und beim ersten Kind war ich zwei Jahre zuhause. Aber dann zog es mich wieder raus, und zwar zu den Offenbacher Kickers, wo ich freiberuflich als Physiotherapeutin tätig wurde. Mein Sohn wuchs im Fußballstadion auf – Seite an Seite mit Größen wie Rudi Völler und Co. Mit 28 wagte ich den Schritt in die Selbstständigkeit und betreute ab 1982 die Frauen-nationalmannschaft – volle 30 Jahre lang! Danach nahm ich mir die Bundesliga-Schiedsrichter unter meine Fittiche. Ja, auch die brauchen mal eine Behandlung, wenn's auf dem Spielfeld heiß hergeht! 2012 endete mein Kapitel mit der Nationalmannschaft und 2021 auch mit den Schiedsrichtern.

Dann erfüllte ich mir einen Traum: Ich lief den Jakobsweg. Ein Abenteuer, das mich nicht nur körperlich, sondern auch seelisch bereicherte.

Nebenher habe ich nie aufgehört, mich weiterzubilden: Sportphysiotherapeutin, Yogalehrerin, Manual Therapeutin, Shiatsu, Tai Chi, TCM, Heilpraktikerschule... Man könnte sagen, ich habe die halbe Welt der alternativen Medizin durchforstet – mit

Abschlussprüfung (außer in TCM und HP) und vielen Erkenntnissen.

Ab 2020 wurde der Lebensweg meines Mannes leider steiniger. COPD nahm ihm immer mehr die Luft, und im März 2024 verließ er diese Welt. Seitdem ist nichts mehr so, wie es war. Aber ich kämpfe mich durch und versuche, diesen schmerzhaften Einschnitt zu verarbeiten.

Ruhe zum Lesen finde ich noch nicht, aber ich hoffe, dass diese Zeit irgendwann wiederkommt.

Bis dahin lenke ich mich nicht nur mit Yogakursen, die ich an der VHS unterrichte, ab, sondern ich gebe auch mit großer Freude mein Wissen weiter, damit es anderen Menschen besser geht.

Meine größte Freude - natürlich meine Enkelkinder und mein treuer Hund Paul.

Und in der Zukunft?
Da möchte ich wieder die Welt bereisen - wenn möglich, mit Paul an meiner Seite.

Ein Leben zwischen
Blitz, Donner und dem weiten Himmel ...

... Ich, Gerda G.-L., wurde bei Sturm, Regen, Blitz und Donner geboren – ein passender Auftakt für ein Leben voller Abenteuer und Turbulenzen. In Hösbach, nahe Aschaffenburg, kam ich als zweite Tochter zur Welt. Meine ältere Schwester und ich waren ein perfektes Duo, wenn auch ein wenig geteilt: Sie war Mamas Kind, die ihre Gefühle kaum zeigen konnte und ich war Papas Kind, der sie dafür umso mehr zeigte. Das passte mir gut, denn ich liebte es, wenn Papa mich mit seiner Herzlichkeit umarmte.

Schon früh war mir klar: Ich will raus in die weite Welt! Also bot mir die Arbeit am Infoschalter des Frankfurter Flughafens das perfekte Sprungbrett, um mit 19 Jahren den bestmöglichen Weg dorthin zu finden – ich wurde Stewardess. Ab dann flog ich in der Weltgeschichte herum, mit einem Koffer voller Träume und Neugier im Gepäck.

Dann passierte es: Ich lernte den Mann kennen, der genau meinen Humor teilte – trocken, schlagfertig und immer für einen Lacher gut. Ein Landwirt, der perfekte Ausgleich zu meiner Fliegerei. Wir heirateten, und bald kam unser gemeinsamer Sohn zur Welt. So weit, so gut. Doch das Leben spielte seine eigenen Karten: Meine Schwiegermutter, der gute Geist unseres Bauernhauses, verstarb wenige Tage vor der Geburt unseres Sohnes, und plötzlich stand ich da – als frischgebackene Mama mit vier Männern im Haus. Das war weit weniger glamourös, als es klingt! Unsere Ehe hielt leider nicht lange, und so wurde ich zur alleinerziehenden Mama. Aber ich ließ meinem Sohn alle Freiheiten, die er brauchte. Wann immer er wollte, konnte er seinen Papa besuchen. So war es mir am liebsten, da ich arbeiten musste.
Nebenbei machte ich eine Heilpraktikerinnen-Ausbildung und eröffnete eine eigene Praxis.

Jahre später – auf der Geburtstagsfeier eines gemeinsamen Freundes – trat er in mein Leben: mein Traummann!

Die nächsten elf Jahre segelten wir durch die schönsten Gewässer Europas. Südfrankreich, Spanien, Korsika, Mallorca – die Liste könnte ich ewig fortführen. Es war die beste Zeit meines Lebens, unter Segeln und Sternen, mit einem Hauch von Luxus und jeder Menge Meer.

Doch wie es manchmal so kommt, traf uns das Schicksal hart:

Mein Mann wurde schwer krank, und ich musste mich von ihm verabschieden. Das war der tragischste Tag meines Lebens und dem folgte eine tiefe Sinnkrise. Nach seinem Tod, fühlte ich mich oft wie ein Schiff ohne Steuer, verloren und einsam.

Zwei Jahre später kam das Leben zurück. Ich lernte einen Witwer kennen, und wir verbrachten neun gemeinsame Jahre, erst in Essen, später gemeinsam in meiner Eigentumswohnung in Aschaffenburg. Es war eine gute Zeit, aber auch diese Reise endete irgendwann. Zum Glück hatte ich immer meinen Sohn, der inzwischen in China, Indien und später in Malaysia arbeitete. Das gab mir den perfekten Anlass, diese fernen Länder zu erkunden – schließlich hatte ich als ehemalige Stewardess immer noch das Fernweh im Blut. Wochenlang streifte ich durch Malaysia und den fernen Osten und entdeckte neue Welten.

Neben meiner Leidenschaft fürs Reisen gibt es noch eine andere große Liebe: Meine zwei Enkelkinder. Mit ihnen verbringe ich so viel Zeit wie möglich, denn wer will schon stillsitzen, wenn es so viel zu erleben gibt? Wenn ich nicht gerade mit ihnen unterwegs bin, mache ich Yoga, tanze Zumba oder singe im Chor – schließlich muss das Leben in Bewegung bleiben!

Für die Zukunft? Da wünsche ich mir vor allem bleibende Gesundheit und möglicherweise eine Partnerschaft, bei der jeder seine eigene Wohnung hat – und die schönen Dinge des Lebens gemeinsam genießen kann. Denn nach allem, was ich erlebt habe, weiß ich: Man braucht nicht immer Stürme, um glücklich zu sein.

Ein leichter Wind im Rücken reicht völlig!

Und es geht weiter ...

... Manchmal ist das Leben voller Überraschungen – genau wie dieses Buch. Ursprünglich haben 19 Frauen ihre Spuren hinterlassen, ihre Geschichten formten einen Kreis, der uns zeigt, wie unterschiedlich und zugleich verbunden unsere Lebenswege sein können. Doch plötzlich taucht da eine weitere Frau auf. Sie kommt von außen, ihre Schritte energisch, als wolle sie zu uns aufschließen.

Sie ist nicht Teil des ursprünglichen Kreises, sondern bringt eine ganz eigene Bewegung hinein – eine Erinnerung daran, dass das Leben nie stillsteht. Ihre Lebenslinie schließt das Buch nicht ab, sondern fügt ihm einen neuen, unerwarteten Schwung hinzu. Denn wo Bewegung ist, ist immer auch Platz für Veränderung, Begegnung und ein bisschen frischen Wind.

Knoten, Schleifen
und ein wenig Glanz ...

... Ich heiße Annette J., geboren 1962 in Bonn. Meine Ankunft war weniger ein romantisches Ereignis als vielmehr ein gesellschaftliches Manöver: Als voreheliches Kind war ich das "Eintrittsticket" für die Ehe meiner Eltern. Zunächst wurde ich in einem Keller in Bonn versteckt, um die damalige Peinlichkeit zu verbergen.
Unsere Familie lebte im Sauerland, wo meine Eltern versuchten, das Bild einer perfekten, vergnügten Familie aufrechtzuerhalten.
Hinter der Fassade herrschten jedoch immer mehr Streit und Chaos.

Die Ehe meiner Eltern glich einem Gummiband: Sie dehnten sich auseinander und fanden wieder zusammen, bis sie schließlich endgültig zerbrach.
Meine Mutter verliebte sich in ihren Schwager, was in einer Zurückweisung und schließlich in einer psychiatrischen Diagnose endete.

Meine Schwester zog zu unserem Vater, während ich bei meiner Mutter blieb, um sie zu unterstützen.

Mit der Zeit wurde die Situation untragbar, und ich kam in eine Pflegefamilie. Dort erlebte ich neue Herausforderungen, da der Pflegevater schwer erkrankte und meine Mutter weiterhin meine Unterstützung brauchte.

Nach dem Abitur strebte ich danach mein Leben selbst in die Hand zu nehmen. Ich begann eine Ausbildung zur Graphischen Zeichnerin, die jedoch durch unangemessenes Verhalten meines Ausbilders unterbrochen wurde. Ich setzte meine Ausbildung in einer Behindertenwerkstatt fort und schloss sie dort erfolgreich ab.

Beruflich ebnete mir anlässlich meines Studiums zur Kommunikationswirtin der Schulleiter meinen Weg in die Welt der internationalen Werbebranche, wo ich die Welt des Werbeglanzes und -glamours kennenlernen durfte. Ich genoss die Arbeit mit Fotoshootings, Auslandsreisen und Führungsverantwortung.

Privat erlebte ich acht harmonische Jahre mit meinem Mann, bevor seine Depressionen unsere Beziehung belasteten. Schließlich trennte er sich von mir zugunsten einer jüngeren Partnerin.

1992 begann ich meine freiberufliche Karriere, die ich rückblickend mit unzähligen Projekten im Bereich Organisations-Entwicklung, Change- und Künstlermanagement sowie Kommunikationsberatung zusammenfassen kann.

Heute nutze ich meine Erfahrungen, um anderen zu helfen. Ich habe eine Community gegründet, die Menschen dabei unterstützt, ihr Denken positiv zu verändern und den Weg für ein "wir" frei zu machen.

Mein Leben war geprägt von Herausforderungen und ich habe gelernt aus den Knoten des Lebens schöne Schleifen zu binden. Ich habe tief in meine Seele geblickt und dabei eine internationale Karriere in der Werbung erlebt. Obwohl ich oft für andere fröhlich präsent war, habe ich nie aufgehört, nach innerem Frieden zu suchen. Ich habe

Krankheiten und psychische Hindernisse durchlebt und bin stolz darauf, sie überwunden zu haben. Diese Erfahrungen haben mir geholfen, eine neue Qualität des Miteinanders zu entwickeln.

Ich folge nun der Freude und begegne Herausforderungen mit Neugier und Liebe, im Vertrauen darauf, dass das Leben keine Fehler macht und wir hier sind, um zu lernen.

Im Hier und Jetzt habe ich Frieden gefunden, der kein Gegenteil mehr kennt.

Zum Schluss ist es mir noch wichtig, meiner großartigen Patentante Ingar Brüggemann ein paar Worte zu widmen...

...Ein Leben voller Weitsicht, Engagement und weltbürgerlicher Verantwortung:

Im September 2021 hat sie ihren Weg vollendet, doch ihr Wirken bleibt lebendig.

Unter anderem als Direktorin bei der WHO, Generaldirektorin der IPPF, Rotarierin und Vorstandsmitglied bei UNICEF setzte sie sich mit Herz und Verstand für globale Gesundheits- und Kinderschutzthemen ein.

Ihr diplomatisches Geschick, ihre ganzheitliche und achtsame Denkweise sowie ihre unermüdliche Tatkraft prägten nicht nur internationale Organisationen, sondern auch die Menschen in ihrem Umfeld.

Trotz der vielen diplomatischen und politischen Herausforderungen, die ihr bewegtes Leben mit sich brachte, war sie ein Fels in der Brandung – eine Quelle der Stabilität, die mir Orientierung und Kraft gab.

Foto: Viktor Mut

Die Autorin

Geboren in Berlin, Jahrgang 1948, aufgewachsen im Schwabenland und schließlich in Unterfranken sesshaft geworden – die Autorin hat das Leben in verschiedenen Ecken Deutschlands kennengelernt. Seit 2019 Witwe, Mutter einer Tochter und stolze Großmutter von vier Enkelsöhnen, ist sie stets offen für neue Herausforderungen und schnell gelangweilt von Routine. In ihrem Berufsleben war sie in verschiedenen Branchen als Sekretärin tätig, was ihr vielfältige Einblicke und Erfahrungen ermöglichte. Interessanterweise fanden echte Freundschaften erst ab dem 60. Lebensjahr einen festen Platz in ihrem Leben – ein Beweis dafür, dass es nie zu spät ist, sich auf Neues einzulassen.